바른 인성 **협동**하는 마음

다 함께
마니또

바른 인성 협동하는 마음

다 함께 마니또

초판 6쇄 발행 2021년 6월 1일

글 박현숙   그림 김주경   기획 · 편집 가수북
펴낸이 김도연   펴낸곳 키위북스
편집장 김태연   마케팅 김동호   꾸민곳 디자인su:
주소 경기도 고양시 일산동구 호수로 672, 1524호
전화 031-976-8235   팩스 0505-976-8234
전자우편 kiwibooks7@gmail.com
출판등록 2010년 2월 8일 제 396-2010-000016호

ⓒ 박현숙 · 김주경, 2016

ISBN 979-11-85173-21-4 14300
       978-89-964831-5-1 (세트)

처음부터 제대로 ⑪

바른 인성 협동하는 마음

다 함께
마니또

글 박현숙   그림 김주경

키위북스
KiwiBooks

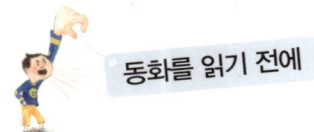

'협동'은 천하무적!

얼마 전, 나는 대청소를 하기로 결심했어요. 그래서 혼자 책장도 옮기고 식탁도 옮겼어요. 무거운 것도 번쩍번쩍 드는 내가 마치 슈퍼우먼이 된 것 같아 뿌듯하기까지 했지요. 그런데 책장과 식탁을 옮기고 나니 허리가 아팠어요. 소파는 아직 손도 못 댔는데 말이에요. 아무튼 그 바람에 허리에는 파스를 잔뜩 붙이고, 제대로 걷지도 못할 정도로 고생했지요.

며칠 뒤, 계속해서 맘에 걸렸던 소파를 드디어 옮기게 되었어요. 가족과 함께 소파를 들었어요. 네 명이 함께 하니까 힘들이지 않고 아주 쉽게 옮길 수 있었지요. 대청소도 진작 힘을 합해 할걸, 후회가 되었답니다.

여러분도 그런 일이 있을 거예요. 나 혼자서 끙끙대며 온 힘을 다해도 못 하던 일을 다른 사람들의 도움을 받아 거뜬히 해냈던 경험 말이에요. 이 책에 나오는 친구들도 혼자서는 할 수 없는 아주 어려운 일을 협동해서 훌륭하게 해낼 수 있었어요.

'협동'은 천하무적이랍니다.

박 현 숙

정말 싫어요

선생님이 부드러운 눈으로 나를 바라봤어요. 나는 얼른 고개를 돌렸어요. 이렇게 곤란할 때는 안 들은 척, 못 들은 척하는 게 최고거든요.

"남문아, 병호 도와주어야 해."

선생님이 다시 한 번 말했어요.

아악! 정말 싫어요. 내가 왜요? 내가 왜 병호를 도와주어야 하느냐고요.

나는 남에게 참견 받는 거 딱 질색이에요. 내가 다른 아이를 참견하는 것도 싫고요. 그런데 병호를 도와주려면 매일 참견해

10

야 하잖아요. 아! 귀찮아요, 귀찮아.

병호는 1학년 때도 우리 반이었어요. 병호는 수업 시간에 잠만 자는 아이예요. 그래서 공부도 지독하게 못해요.

"자, 어디까지 배웠더라?"

선생님이 이렇게 말하는 순간 병호의 큰 눈이 가물가물해져요. 고개는 까닥까닥, 입가에는 침이 조르륵. 그러다 책상에 납죽 엎드려 버리기도 해요. 그뿐이면 말도 안 해요. 코까지 드르

렁드르렁 곤다니까요.

병호는 한번 잠이 들면 선생님이 깨워도 꿈쩍도 하지 않아요. 그런 병호를 나보고 도와주래요. 선생님 마음대로 짝꿍을 시켜 놓고 말이에요. 내가 언제 병호하고 짝꿍 하고 싶다고 했나요?

처음에 나는 병호와 짝꿍이 되는 순간 아주 잘되었다고 좋아 했어요. 병호는 잠만 자니까 나를 귀찮게 굴지 않을 거라 생각 했어요. 그런데…….

"병호가 수업 시간에 자면 깨우고, 알림장 쓰는 것도 도와주 고, 실내화가 더러우면 금요일에 병호 가방에 넣어 주고 말이 야, 알았지?"

알기는요, 몰라요!

선생님들도 못 깨우는 병호를 내가 어떻게 깨워요? 하지만 선생님에게 싫다는 말을 할 수는 없었어요.

'싫어요.'

이 말은 1학년 때 내가 제일 잘하던 말이에요. 선생님이 시키는 게 하기 싫으면 무조건 이렇게 말했어요. 선생님은 화가 나서 엄마에게 모두 일러바쳤어요. 2학년이 될 때 엄마가 그랬어요. 앞으로 선생님 말씀에 싫다는 말을 하면 가만두지 않겠다고요.

'가만두지 않겠다!' 정말 무서운 말이잖아요. 용돈을 딱 끊을 수도 있고, 어쩌면 집에서 쫓아낼 수도 있어요. 나는 이제 겨우 아홉 살이에요. 용돈을 스스로 벌 수도 없고 집을 나가면 갈 곳도 없어요.

"예."

나는 파리가 하품하는 소리만큼 작게 대답했어요.

"너는 이제 내 말을 잘 들어야 해."

나는 눈을 끔벅거리고 있는 병호에게 말했어요. 병호는 아무 말도 하지 않았어요. 대신 하품을 늘어지게 했어요.

수업이 시작되자마자 병호는 졸기 시작했어요. 병호가 숨을 쉴 때마다 이상한 냄새가 났어요. 으악! 양치질을 하지 않은 게 분명해요.

"일어나."

나는 코를 쥐어 잡고 병호를 깨웠어요. 하지만 아무리 깨워도 소용없었어요. 병호는 단단한 바위처럼 꿈쩍도 하지 않았어요. 나는 속이 부글부글 끓었어요.

"선생님, 아무리 깨워도 병호가 안 일어나요."

마침 내 옆을 지나가고 있는 선생님께 말했어요.

"한 번 해서 어디 되겠니? 매일매일 해야지."

선생님이 방긋 웃으며 말했어요. 지금 웃음이 나오나요? 나는 속이 터질 것 같은데 말이에요.

알림장을 쓰는 시간인데 병호는 아예 알림장을 꺼내지도 않았어요.

"알림장 꺼내라고!"

나는 소리를 버럭 질렀어요. 병호가 큰 눈을 '끄음벅끄음벅' 하며 나를 바라봤어요. 꼭 금붕어 눈 같았어요. 나는 병호 가방에서 알림장을 꺼내 펼쳤어요. 그러고는 선생님이 칠판에 쓴 것을 불러 주며 받아쓰라고 했어요. 병호는 못 들은 척 멍하니 앉아 있기만 했어요. 그러니 어쩌겠어요. 내가 병호 알림장을 다 쓸 수밖에요. 정말! 뭐 저런 애가 다 있는지 모르겠어요.

"ㅎㅎㅎㅎㅎㅎ, 남문아. 속 터져 죽겠지?"

수형이가 배를 잡고 웃으며 말했어요. 수형이는 1학년 때 병호와 짝꿍이었거든요.

"약 올리지 마."

나는 주먹을 불끈 쥐고 수형이를 쏘아봤어요. 다른 사람이 힘들어 하는데 놀리는 것은 아주 나쁜 버릇이에요.

오늘은 금요일이에요. 수업이 다 끝날 무렵 나는 슬쩍 병호 실내화를 봤어요. 아이고, 세상에! 병호 실내화는 완전 새카맸어요. 일부러 검은 물감을 칠해 놓은 것처럼 말이에요.

병호는 더러운 실내화를 그대로 사물함에 넣었어요.

"빨아야 해."

나는 병호 실내화를 가방에 넣어 주었어요. 그러자 병호는 실내화를 꺼내 도로 사물함에 넣었어요. 뭐, 저런 애가 다 있는지 모르겠어요.

"선생님! 저 병호랑 짝꿍 하기 싫어요."

나는 선생님에게 다가가 말했어요.

"병호는 제 말을 듣지 않아요. 병호랑 계속 짝꿍 하다가는 속 터져 죽을 거예요."

눈물이 쏟아졌어요. 선생님은 가만히 내 얼굴을 쳐다봤어요.

"우히히히히."

그때 옆에 있던 수형이가 웃었어요. 친구가 우는데 웃다니요!

"좋아. 그럼 수형이가 병호 짝꿍 하자."

선생님이 말했어요. 입을 쩍 벌리고 웃던 수형이는 울상이 되어 병호 옆으로 자리를 옮겼어요.

"수형아, 병호를 잘 도와주어야 해."

선생님이 말했어요.

병호는 수형이 말도 듣지 않았어요. 수형이는 날마다 주먹으로 가슴을 치며 답답해 했어요. 그러다 선생님께 찾아가 울며불며 병호를 도와주지 못하겠다고 했어요.

우리 선생님은 고집이 센 편은 아니에요. 아이들 말을 잘 들어주는 편이에요.

"민수가 병호 짝꿍 할까? 민수는 성격이 꼼꼼해서 잘 도와줄 것 같아."

민수는 얌전하고 공부도 열심히 하는 아이예요. 선생님 말씀도 아주 잘 들어요. 민수는 싫은 표정도 짓지 않고 병호 옆으로 자리를 옮겼어요.

민수는 진심으로 병호를 도와주려고 했어요. 수업 시간마다 계속 병호를 깨웠어요. 쉬는 시간에 병호가 화장실에 가면 화장실까지 따라갔어요. 화장실에는 도대체 왜 따라가는지 잘 모르겠지만요. 하지만 3일째 되는 날, 민수도 울음을 터뜨렸어요.

"선생님, 우리 엄마가 병호랑 짝꿍 하지 말래요."

민수는 엄마 핑계를 댔어요.

결국 병호는 혼자 앉게 되었어요.

마니또 놀이

"오늘부터 재미있는 놀이를 할 거예요."

아침에 교실로 들어온 선생님이 싱글벙글 웃으며 말했어요. 재미있는 놀이라는 말에 아이들 눈이 반짝반짝 빛났어요. 하지만 나는 솔직히 걱정이 되었어요. 귀찮잖아요.

"선생님! 무슨 놀이예요?"

수형이가 손을 번쩍 들고 물었어요.

"마니또 놀이예요."

"마니또 놀이요?"

아이들이 서로 얼굴을 마주 봤어요.

"마니또 놀이는 제비뽑기로 친구 한 명을 뽑아 그 친구에게 수호천사처럼 잘해 주는 놀이예요. 하지만 그 친구가 절대 눈치채면 안 돼요. 또 자신의 마니또가 누구인지 다른 사람들에게도 모두 비밀로 해야 하고요. 이 놀이는 비밀을 지키는 게 가장 중요한 놀이예요."

저것 봐요! 귀찮은 놀이 맞잖아요. 왜 쓸데없이 귀찮게 그런 놀이를 하느냐고요!

"이 놀이는 딱 3주 동안 할 거예요. 3주가 지나고 나면 자신의 마니또가 누구였는지 발표하는 시간도 가질 거예요. 그리고 마니또에게 아주 잘해 준 사람에게는 선생님이 특별한 선물도 줄 거예요."

선물도 싫어요. 나는 얼굴을 있는 대로 찡그리며 고개를 돌렸어요. 그러다 소라와 눈이 딱 마주쳤어요. 나와 눈이 마주친 소라가 방긋 웃었어요.

'아, 소라를 뽑으면 되겠다!'

이 생각을 하는 순간, 가슴이 콩닥콩닥 뛰기 시작했어요. 소라가 내 마니또가 된다면? 그건 정말 신나는 일이에요.

나는 소라 가방을 들어 줄 거예요. 소라가 넘어지면 일으켜 주기도 하고, 누가 소라를 못살게 굴면 앞장서서 싸워 주기도 할 거예요.

"선생님! 좋아요!"

나는 나도 모르게 손뼉까지 치며 외쳤어요.

"그거 재미있겠어요."

수형이도 말했어요.

선생님은 아이들 이름이 적힌 쪽지들을 커다란 바구니에 담았어요. 누구 이름인지 알 수 없게 쪽지는 꼭꼭 접혀 있었어요.

"쪽지를 하나씩 뽑는 거야."

우리는 한 줄로 서서 쪽지를 뽑았어요. 두근두근! 가슴이 사
정없이 뛰었어요.

'제발 소라가 되어라, 소라가 되어라.'

나는 마음속으로 주문을 외웠어요.

"모두들 비밀 지킬 수 있지요?"

쪽지를 다 뽑고 나니 선생님이 물었어요.

"예!"

대답 소리로 교실이 떠나갈 것 같았어요. 그럼요, 우리는 1학년도 아니고 2학년, 아홉 살이에요. 비밀을 지킬 나이가 되었어요.

으악! 쪽지를 펼치는 순간 나도 모르게 비명을 지르고 말았어요. 세상에 어떻게 이런 끔찍한 일이 일어날 수가 있지요?

'이병호'

내가 뽑은 쪽지에는 이렇게 쓰여 있었어요. 나는 당장이라도 마니또 놀이 같은 건 하기 싫다고 소리치고 싶었어요. 하지만 조금 전, 손뼉까지 치며 좋다고 했는데 그럴 수는 없잖아요.

'3주가 며칠이나 되지?'

나는 울고 싶은 걸 꾹 참고 손가락을 꼽아 가며 한참 동안 계산했어요. 3주는 21일이에요.

'선생님과 약속한 거니까 할 수 없어.'

나는 3주 동안 꾹 참고 병호에게 잘해 주기로 마음먹었어요. 3주는 금방 지나갈 거예요.

'그런데 뭘 잘해 주지?'

나는 병호 뒤통수를 보며 곰곰이 생각했어요. 그때 병호가 뒷머리를 벅벅 긁었어요. 까치집처럼 뒤죽박죽인 병호 머리는 더

욱 엉망진창이 되었어요. 잘해 주고 싶은 마음이 뚝 떨어졌어요.

'휴우, 3주만 참자.'

나는 한숨을 쉬며 생각했어요.

고민 끝에 나는 알림장 쓰는 것만 도와주기로 했어요. 수업 시간에 깨우는 것은 너무 힘들거든요. 더러운 실내화를 가방에 챙겨 넣어 주는 것도 싫고요.

'알림장 쓰는 걸 도와주려면 아무래도 옆에 앉아야 편할 것 같아.'

나는 병호와 짝꿍을 하기로 마음먹었어요. 3주만 하는 거니까 그 정도는 참을 수 있을 것 같았어요.

"선생……."

"선생님, 저는 병호랑 짝꿍 하고 싶어요."

내가 선생님을 부르며 손을 들 때였어요. 글쎄 수형이가 손을 번쩍 들더니 이렇게 말하는 거예요.

"수형이가 병호랑 짝꿍 한다고?"

선생님이 고개를 갸웃거리며 수형이를 바라봤어요. 그러자 수형이는 얼굴이 빨개져서 입술을 오물거렸어요. 잠깐 그러다

수형이가 말했어요.

"이제 안 울 거예요. 병호랑 짝꿍 시켜 주세요."

참 이상한 일이에요. 수형이가 갑자기 왜 저러는 걸까요? 병호는 내 마니또예요. 수형이 마니또일 리가 없다고요. 그런데 왜 수형이는 병호와 짝꿍을 하겠다는 거지요? 짝꿍을 하겠다는 말은 병호에게 잘해 주겠다는 말이잖아요.

"정말 병호랑 짝꿍 하고 싶어? 진짜 후회 안 할 거지?"

선생님이 말에 힘을 잔뜩 주며 물었어요.

"예, 정말 하고 싶어요."

"그럼 병호를 도와주기도 할 거야?"

"당연하지요."

수형이는 큰 소리로 대답했어요.

수형이는 병호 옆으로 자리를 옮겼어요. 병호는 수형이가 옆으로 오거나 말거나 관심도 없었어요. 책상에 납죽 엎드려 코를 훌쩍거리고 있었어요.

수형이는 수업 시간에 병호를 계속 깨우고 못 자게 했어요. 그러면 뭐해요. 병호는 줄기차게 졸았어요. 수형이는 얼굴이

벌게져서 한숨을 푹푹 내쉬었어요. 왜 저렇게 힘든 일을 하겠다고 나섰는지 정말 모르겠어요.

알림장 쓰는 시간이었어요. 나는 수형이와 병호를 슬쩍 바라봤어요. 병호는 멍하니 앉아 있고 수형이는 자기 알림장을 쓰느라고 바빴어요.

나는 병호에게 다가갔어요.

"왜에?"

수형이가 고개를 반짝 들고 물었어요.

"병호 알림장 쓰는 거는 내가 도와주려고."

나는 수형이 눈치를 보며 말했어요. 수형이는 연필 끝을 잘근잘근 깨물며 생각에 잠겼어요.

"그래, 알림장 쓰는 거는 네가 도와줘."

수형이는 고개를 끄덕였어요.

"병호야. 내가 칠판에 적힌 것을 읽을 테니까 받아써."

나는 책상 위에 병호 알림장을 펼치며 친절하게 말했어요. 병호는 아무 대답도 하지 않고 계속 멍하니 앉아 있기만 했어요. 내가 칠판에 쓰인 것을 몇 번이나 다시 읽으며 적으라고 해도 들은 척도 하지 않았어요.

"글씨 쓰기 귀찮아서 그러는 거야? 좋아. 그럼 네가 읽어. 내가 받아 적을 테니까."

나는 연필을 잡았어요. 병호는 어지럽게 눈알만 이리저리 굴

릴 뿐 여전히 아무 말도 하지 않았어요.

"야."

나는 병호 옆구리를 콕 찔렀어요.

"자, 잘 몰라, 아함."

병호가 말을 더듬더니 억지로 하품을 했어요. 모르다니요, 뭘요? 설마 한글을 모른다는 말은 아니겠지요? 아닐 거예요. 2학년이 한글을 모른다는 게 말이 되느냐고요!

"뭘? 뭘 잘 몰라?"

"……."

"글씨를 잘 몰라?"

병호는 내 말에 보일 듯 말 듯 고개를 끄덕였어요.

나는 한숨이 나왔어요. 할 수 없이 나는 칠판 글씨를 읽으면서 병호 알림장을 적었어요.

반칙쟁이 선생님

학교로 오는 길에 수형이를 만났어요. 수형이는 가게에 들어가 사탕을 샀어요. 초콜릿 맛, 딸기 맛, 오렌지 맛, 키위 맛까지 아주 골고루였어요. 소풍 가는 날도 아닌데 참 이상했어요.

"한 개만. 이왕이면 딸기 맛."

나는 수형이에게 다가가 손을 내밀었어요.

"싫어."

수형이는 딱 잘라 말하면서 사탕을 가방 안에 넣었어요. 그러고는 가방을 끌어안고 성큼성큼 앞서갔어요. 치, 싫으면 관두면 그만이지 왜 가방은 끌어안고 난리래요. 내가 뭐 뺏어 먹기라도 할까 봐요?

"네가 아기야? 학교에 가는 학생이 무슨 사탕이야? 치, 사탕 혼자 많이 먹고 이빨이나 팍팍 썩어라."

나는 수형이 뒤통수에 대고 입을 삐죽거렸어요.

'칫, 병호가 수형이 속이나 퍽퍽 썩였으면 좋겠다.'

속으로 이런 생각도 했어요. 친구 사이에 사탕 하나도 안 나눠 주는 구두쇠 수형이는 병호 때문에 울고불고 해도 싸다고요.

수업 시간에 또 병호가 졸기 시작했어요.

'잘한다, 잘한다.'

나는 큭큭 웃으며 병호를 응원했어요.

수형이가 병호 팔뚝을 툭툭 쳤어요. 졸지 말라는 뜻이에요.

하지만 수형이가 아무리 치고 꼬집어도 병호는 끄떡도 하지 않았어요.

그때였어요. 수형이가 가방을 뒤적거려 뭔가를 꺼냈어요. 아! 딸기 맛 사탕이었어요.

수형이는 사탕을 병호 입에 넣어 주었어요. 졸던 병호는 깜짝 놀라 고개를 반짝 들었어요. 병호는 꿈인지 생시인지 헷갈렸나 봐요. 수형이를 몇 번이나 쳐다보고 또 쳐다봤어요.

잠시 뒤, '오도독 오도독!' 병호가 사탕 깨무는 소리가 내 자리까지 다 들렸어요. 나도 모르게 침이 꼴깍 넘어갔어요. 내 입 안에도 딸기 맛이 퍼지는 것 같았어요.

병호가 사탕을 먹는 동안 수형이는 병호 책을 펼쳐 병호 앞에 바로 놓았어요.

　사탕을 다 먹고 난 병호는 다시 졸기 시작했어요. 수형이가
이번에는 키위 맛 사탕을 병호 입에 넣어 주었어요. 그러고는
선생님이 읽는 부분을 손가락으로 가리키며 병호에게 무슨 말
인가 했어요.

　아무리 생각해도 이상해요. 수형이가 왜 사탕까지 사다 주며
병호에게 잘해 주는 걸까요? 수형이는 친구들과 무얼 잘 나눠
먹는 아이가 아닌데 말이에요.

　수형이는 병호가 화장실에 갈 때도 따라갔어요. 지난번에는
민수가 따라가더니 말이에요. 화장실에 같이 가서 뭘 하는 걸

까요? 오줌 누는 걸 기다려 주는 걸까요? 아니면 휴지 들고 똥 누는 걸 기다려 주는 걸까요?

궁금해서 견딜 수가 없었어요. 다음 쉬는 시간에 나는 수형이와 병호 뒤를 따라 화장실로 갔어요. 수형이는 오줌을 누고 난 병호에게 손을 씻으라고 말했어요.

"아까 씻었어."

병호는 얼굴을 있는 대로 찡그리며 말했어요. 아주 귀찮아 죽겠다는 표정이에요.

"손은 오줌 눌 때마다 씻는 거야."

수형이가 이렇게 말하고는 소매를 걷어 올리더니 병호 손을 씻겨 주었어요.

"수형아."

나는 병호를 뒤따라가는 수형이를 불러 세웠어요.

"너, 왜 그러는 거야? 왜 병호한테 잘해 줘?"

도저히 궁금해서 견딜 수가 없었어요.

"비밀이야. 더 이상은 말 못 해. 비밀을 지켜야 해."

수형이는 이렇게 말하고 팽 돌아섰어요. 얼마나 쌀쌀맞게 말

하는지 더 물어볼 수도 없었어요.

　　나는 가방 깊이 넣어 두었던 마니또 이름이 적힌 쪽지를 꺼냈
어요. '이병호' 다시 펼쳐 봐도 병호는 분명 내 마니또예요.
　　"오늘은 금요일이라서 숙제가 많은 편이야. 모르면 엄마한테
　　물어보고 잘해 와."
　　알림장을 쓰는 시간이 되어, 나는 알림장을 쓰며 병호에게 말
했어요. 병호는 알림장을 뚫어져라 쳐다보며 보일 듯 말 듯 고
개를 끄덕였어요. 그러면서 눈으로 글씨를 읽는지 입을 오물거
렸어요.

"잠깐! 병호야."

알림장을 다 쓰고 병호가 가방을 챙길 때였어요. 갑자기 민수가 병호에게 달려들었어요. 그러더니 다짜고짜 병호가 신고 있는 실내화를 벗기는 거예요! 병호는 실내화를 뺏기지 않으려고 발에 힘을 주고 버텼어요.

"오늘 금요일이란 말이야."

민수는 얼굴이 빨개지도록 힘을 주어 기어이 병호 실내화를 벗겼어요. 민수는 보기만 해도 냄새가 코를 찌르는 듯 꼬질꼬질한 실내화를 병호 가방에 넣었어요.

"빨아 와."

이러면서 말이에요.

병호는 살짝 눈치를 보듯 눈을 끔벅거리더니, 가방을 열고 실내화를 도로 꺼내 사물함에 넣었어요.

"더러우니까 빨아와야지. 오늘 금요일이잖아."

민수는 사물함에서 실내화를 도로 꺼내 병호 가방에 집어넣었어요. 더러운 실내화가 몇 번이나 왔다 갔다 했어요.

"하지 마."

　병호는 징징 우는 소리를 내며 실내화를 던져 버렸어요. 병호가 던진 실내화 한 짝이 민수 엉덩이를 때리고 교실 바닥에 떨어졌어요.

　순식간에 민수 얼굴이 확 굳었어요. 주먹도 불끈. 나는 분명 민수가 병호에게 달려들 줄 알았어요. 하지만 아니었어요. 화난 두꺼비처럼 볼을 씰룩거리던 민수는 곧 주먹을 스르르 풀더니 병호 실내화를 주워 들었어요.

　그러더니 이러는 거예요.

"내가 빨아다 줄게."

　이건 또 무슨 일이래요. 나는 병호 실내화를 자기 가방에 넣고 있는 민수에게 다가갔어요.

"너, 왜 갑자기 병호한테 잘해 줘?"

　나는 심각하게 물었어요. 민수는 말없이 나를 아래위로 훑어봤어요.

"왜 잘해 주느냐고?"

　나는 다시 물었어요.

"비밀이야, 비밀."

민수는 비밀이라는 말에 힘을 주었어요.

도대체 이게 어떻게 된 일일까요? 수형이와 민수 둘 다 '비밀'
이래요. 평소에 '비밀'이라는 말은 한 번도 쓰지 않던 애들이 똑
같이 '비밀'이라는 말을 하다니! '비밀'은 선생님이 마니또 놀이
를 시작하면서 강조했던 말이에요.

그렇다면…… 수형이의 마니또가 병호? 민수의 마니또도 병
호이고요! 나는 어안이 벙벙했어요. 내 마니또도 병호인데.

나는 집으로 오면서도 내내 곰곰이 생각했어요.

"그래! 선생님!"

신호등 불빛이 초록불로 바뀌는 순간, 내 머릿속에도 반짝 불이 들어왔어요.

맞아요. 이게 모두 다 선생님이 꾸민 일이에요. 마니또를 뽑을 때 선생님은 '이병호'라고 쓴 쪽지 3개를 바구니에 넣은 거예요. 나와 수형이 그리고 민수가 병호 이름이 적힌 쪽지를 뽑은 거고요.

이거 반칙 아닌가요? 선생님이 그랬잖아요. 마니또 한 명씩을 뽑아 잘해 주라고요. 잘해 주는 사람에게는 3주 뒤에 선물을 주겠다고 말했잖아요. 그때 분명 한 명씩이라고 말했어요. 그럼 나와 수형이 민수 셋 중에 누구한테 선물을 줄 건가요?

"반칙쟁이 선생님."

반칙은 아주 나쁜 거예요. 정정당당한 게 좋은 거라고요. 어떻게 선생님이 그런 것도 몰라요?

병호의 마니또는 누구일까?

드디어 3주가 지났어요. 그동안 시간이 지나면서 병호는 차츰 달라졌어요. 알림장을 쓸 때 칠판에 적힌 글씨를 직접 옮겨 적기도 하고 더듬더듬 읽기도 했어요. 병호는 한글을 아주 모르지는 않았어요. 조금 헷갈려 했을 뿐이에요.

"오호, 병호가 이제 직접 알림장을 쓰는구나."

선생님이 감탄했어요.

병호는 수업 시간에도 예전만큼 졸지 않았어요. 여전히 수형이가 준 사탕을 오물거리기는 했지만 말이에요.

"오호, 병호가 이제 수업 시간에도 눈이 아주 초롱초롱하네."

44

알림장 ★

1. 통신문 가정

2. 사랑동전 모으기
   보내주세요

3. 실천기록표

4. 뽀뽀해 드리기

선생님은 책을 읽다 말고 병호를 보더니 말했어요. 선생님 얼굴에 웃음이 가득했어요.

"선생님!"

소라가 손을 번쩍 들었어요.

"병호는 이제 실내화를 빨아 와요. 아주 깨끗해요."

"그래, 그래. 병호 실내화가 아주 깨끗하구나."

점심시간이 지나자 선생님이 예쁜 포장지로 싼 선물 상자를 여러 개 들고 왔어요.

"드디어 3주가 지났어요. 그동안 자기의 마니또에게 잘해 주었나요?"

선생님은 선물 상자를 쓰다듬으면서 물었어요.

"예!"

대답 소리가 우렁찼어요. 나도 크게 대답했어요.

"좋아요. 그럼 지금부터 자기의 마니또가 누구였는지 발표하고 어떻게 잘해 주었는지 말해 보도록 해요. 자, 발표하고 싶은 사람은 손을 들고 말해 볼까요?"

흥! 이제 곧 선생님이 반칙한 것이 밝혀질 거예요. 나는 주먹을 불끈 쥐었어요.

"제 마니또는 도리였어요. 저는 도리를 위해 청소도 함께 해 주고 숙제도 도와주었어요."

소라가 발표하자 도리는 소라가 정말 많이 도와주었다고 말했어요. 그러자 박수 소리가 울려 퍼졌어요. 아이들의 발표가 이어졌고, 교실은 박수 소리와 까르르 웃음소리로 가득 찼어요.

드디어 수형이가 손을 들었어요. 보나마나 수형이의 마니또는 병호겠지요.

"제 마니또는 선생님이었어요."

수형이가 말하는 순간 나는 내가 뭘 잘못 들은 거라 생각했어요. 수형이의 마니또가 선생님이라니요?

"오호! 그랬어?"

선생님이 활짝 웃었어요.

"저는 선생님에게 어떻게 잘해 줄까 생각했어요. 그러다 선생님이 병호 걱정을 많이 하시는 것 같아 병호를 돕기로 마음먹었어요."

"오호! 고마워, 고마워."

선생님이 감동해서 소리쳤어요. 선생님이 감동하자 수형이가 좋아서 어쩔 줄 몰라 했어요. 아이들이 수형이에게 큰 박수를 쳐 주었어요.

다음은 민수가 손을 번쩍 들었어요.

'민수의 마니또는 분명 병호일 거야.'

그렇지 않고서야 실내화로 엉덩이를 얻어맞으면서까지 참았

을 리 없잖아요.

"제 마니또는 수형이었어요. 수형이 가 병호를 도와주느라 애쓰는 걸 보고 저도 병호를 돕기로 했어요. 제가 도우면 수형이가 덜 힘들잖아요."

민수 말이 끝나기 무섭게 선생님이 박수를 쳤어요. 그러자 아이들도 선생님을 따라 박수를 쳤어요.

이게 대체 어떻게 된 거래요? 불끈 쥐었던 주먹에 힘이 스르르 풀렸어요.

"발표하고 싶은 사람 더 없나요? 그럼 이번에는 선생님이 발표할 사람을 정해 볼게요. 음, 다음은 남문이가 말해 볼까?"

선생님이 나에게 눈을 찡긋했어요.

"제 마니또는 병호였어요."

선생님이 고개를 크게 끄덕이며 내

말을 들었어요.

"저는 병호 알림장 쓰는 것을 도와줬어요. 병호는 이제 혼자서도 알림장을 꽤 잘 쓰게 되었어요."

내가 발표하는데 병호가 나를 돌아봤어요. 병호는 큰 눈을 '끄음벅!' 하면서 히죽 웃었어요. 그러다 부끄러운지 고개를 숙였어요. 나는 병호가 저렇게 웃는 것은 처음 봐요.

"모두들 훌륭하게 마니또에게 잘해 주었어요. 선생님은 여러분 모두에게 큰 박수를 보내고 싶어요. 다들 잘했는데 누구에게 선물을 줘야 하나?"

선생님이 교실을 둘러봤어요.

"선생님, 남문이와 수형이 그리고 민수가 박수를 제일 많이 받았어요. 박수를 많이 받은 아이들에게 선물을 주세요."

소라가 일어나서 말했어요.

"그럴까?"

선생님 말에 병호가 또 히죽 웃었어요.

선생님은 나와 수형이 그리고 민수에게 선물을 하나씩 나눠 주었어요. 선물까지 받으니 선생님을 반칙쟁이라고 생각했던

게 미안해졌어요.

"너와 수형이 그리고 민수가 아주 어려운 일을 해냈어. 각각
병호와 짝꿍을 시켰을 때는 못 하겠다고 울고불고 난리였잖
아. 엄마 핑계도 대고 말이야. 어때? 혼자서는 힘들어서 못
하겠다고 했던 일도 함께 힘을 합치니까 쉽지?"

선생님이 내 귀에 대고 속삭였어요.

"예."

나는 얼굴을 붉히며 고개를 끄덕였어요. 선생님 말이 딱 맞았
어요. 셋이 힘을 합치니까 병호가 변했잖아요.

"선생님도 선생님의 마니또에게 아주 잘해 주고 싶었어요. 그
런데 선생님 마니또는 금붕어였지 뭐예요. 하하, 그래서 금붕
어 밥을 아주 열심히 주었답니다."

그러자 '저는 화분이 제 마니또였어요. 그래서 물을 주었어
요.', '제 마니또는 정수기였어요. 정수기를 깨끗하게 닦아 주었
어요.' 하고 발표를 안 했던 아이들이 앞다퉈 말했어요.

"호호호, 다들 수고했어요. 자, 마지막으로 병호도 일어나서
마니또가 누구였는지 말해 볼까?"

선생님 말에 병호는 머리를 긁적이며 일어났어요.

나는 한 번도 병호가 발표하는 걸 본 적이 없어요. 크게 소리 내어 말하는 것도 본 적이 없고요.

"병호야, 네 마니또는 누구였니?"

선생님이 다시 물었어요. 병호는 머뭇거렸어요. 하지만 선생님은 잠자코 기다려 주었어요. 아이들도 병호를 바라보며 기다렸어요. 창밖에서 지저귀는 참새 소리가 조용한 교실에 울려 퍼졌어요. 병호는 한참 후에 천천히 입을 열었어요.

"저, 저는 제 마니또에게 잘해 주지 못했어요. 그래서 마니또

에게 미안해요. 저는 오늘부터 3주 동안 제 마니또에게 잘해

줄 거예요. 그때까지는 마니또가 누군지 비밀이에요."

병호는 작지만 또렷한 목소리로 말했어요.

"와! 병호의 마니또는 누구일까?"

선생님이 교실을 둘러봤어요. 그때 나는 분명히 봤어요. 병

호가 소라 쪽을 바라보다 얼른 고개를 돌리는 것을요. 헉! 설마

소라?

협동, 어렵지 않아요!

"영차, 영차!"가 협동이에요

'백지장도 맞들면 낫다' 이런 속담 들어 본 적 있나요? 백지장은 종이를 말해요. 맞든다는 것은 같이 든다는 거예요. 그러니까 종이 한 장도 함께 들면 가볍다는 말이지요. "아니, 가벼운 종이 한 장을, 뭐 하러 여러 사람이 같이 들어요?" 하며 궁금해 하는 친구들도 있을 거예요. 이 속담은 아무리 사소한 일이라도 서로 힘을 합하면 더 쉽게 할 수 있다는 뜻을 담고 있어요. 그러니 힘든 일은 당연히 여럿이 함께해야 해결하기가 수월하겠지요?

혹시 개미가 무엇인가 물고 가는 것을 본 적 있어요? 개미는 여러분이 알고 있듯이 매우 작은 곤충입니다. 그런데도 제 몸집보다 훨씬 큰 것을 혼자서도 잘 끌고 다니지요. 하지만 정말 엄청나게 큰 것을 옮길 때는 여럿이 힘을 모아요. 어떻게 알고, 어디선가 순식간에 개미떼가 우르르 모여들어서는 먹이를 번쩍 들고 이동합니다. 이 모습을 보고 있으면 "영차, 영차!" 소리가 들리는 것만 같습니다. "영차, 영차!" 여럿이 힘을 합치면서 기운을 내려고 함께 내는 소리 말이에요.

각자 맡은 일을 열심히 해요

여러분은 어떤가요? 개미처럼 가족이나 친구들끼리 힘을 잘 합하는 편인가요? 우리 가족 이야기를 좀 해 줄게요. 우리 가족은 네 명이에요. 그런데 집안일은 모두 나 혼자 하는 편이었어요. 나도 바쁜데 말이에요. 청소하고 밥하고 빨래하고…… 정말 집안일은 해도 해도 끝이 없는 거예요. 집안일을 다 하고 나면 그제야 글을 쓰고 책을 읽고 내가 해야 할 일을 할 수 있었답니다. 가족들이 조금 도와주면 좋겠는데 도와주기는커녕 일만 더 만들었어요. 양말을 벗어서 세탁기에 넣으면 좋으련만, 돌돌 말아 휙 던지니 소파 위로도 가고 식탁 위로도 올라갔지요. 밥을 먹고 나서도 설거지는커녕 자기 그릇 정리도 안 하고요. 욕실은 머리를 감고도 누구 하나 정리를 안 하니 가발을 만들어도 될 정도로 머리카락이 수북했답니다.

나는 날마다 스트레스가 쌓여 갔고 병이 나서 병원에 입원하게 되었어요. 얼마나 아팠는지 몰라요. 그 일을 계기로 우리 가족은 서로 힘을 합해 집안일을 하기 시작했어요. 그런데 혼자서는 하루 종일 해야 끝났던 일이 넷이 같이 하니까 금세 끝나는 거예요! 가족 중 누구도 혼자서만 집안일을 떠맡는 일이 없으니 우리 가족은 더 행복해질 수 있었답니다.

친구들 사이도 마찬가지예요. 여러분은 학교에서 모둠으로 나뉘어 여러

가지 활동을 할 거예요. 모둠별로 만들기를 한다고 생각해 볼까요? 무엇을 만들지 같이 의논하고 각자 할 일을 정해야 해요. 준비물을 챙겨 오는 것은 물론, 만들 때도 서로 힘을 합해야 해요. 하기 싫다고 서로 미루기만 한다면 모둠 과제는 엉망진창이 되겠지요. 다른 모둠에게도 지게 되고, 그러면 속상하니까 다투기도 하겠지요. 처음부터 각자 할 일을 정하고, 서로 맡은 일을 열심히 해서 힘을 모았더라면 그런 일은 없었을 텐데 말이에요.

너와 나, 우리가 더불어 사는 이유!

옛날에 아주 작은 나라가 있었대요. 많은 사람들이 한곳에 모이면 서로 엉덩이 조심을 해야 할 정도였대요. 너무 좁다 보니 마구 움직이면 서로 엉덩이가 자꾸 부딪혔거든요. 그런데 그 나라에 아주 골치 아픈 일이 생겼어요. 누군가 시장 어귀에 쓰레기를 갖다 버리기 시작한 거예요. 쓰레기가 있으니까 그걸 보는 사람들은 '아, 여기는 쓰레기를 버려도 괜찮은 곳이구나.' 이러면서 그 위에 또 쓰레기를 버렸지요. 자꾸자꾸 버려서 안 그래도 작은

58

나라에 쓰레기가 산더미처럼 쌓였어요. 냄새도 아주 지독했답니다. 살 수 없을 지경이 되었지만 누구도 쓰레기를 치우지 않았어요. '냄새나고 더럽고 썩어 가는 쓰레기를 왜 내가 치워?' 이러면서 말이에요.

그러던 어느 날 어떤 사람이 이래서는 안 되겠다 생각하고 드디어 쓰레기를 치우기 시작했어요. 하지만 혼자서는 도저히 다 치울 수가 없어서 금세 포기하고 말았지요. 또 다른 사람이 쓰레기 치우기에 도전했어요. 열심히 했지만 너무 힘들어서 병만 얻고 포기했답니다. 결국 사람들은 쓰레기 산을 치우는 건 불가능하다고 생각하게 되었지요.

그런데 어떤 아이가 나섰어요. 쓰레기가 쌓여 있는 자리에 놀이터를 만들어 준다면 쓰레기를 치우겠다고 말이에요. 어른들은 '어린애가 무슨 수로 저 많은 쓰레기를 치우겠어?' 이렇게 콧방귀를 뀌면서도 그렇게 하겠다고 약속했어요. 놀이터를 만들어 준다는 약속에 아이들이 너도나도 모여들었어요. 그렇게 모인 삼십여 명이 힘을 합해 쓰레기를 치우기 시작했어요. 하루 이틀이 지나자 쓰레기 산은 점점 낮아졌어요. 그리고 며칠 후, 쓰레기가 산더미처럼 쌓였던 곳은 눈부시게 깨끗해졌지요!

혼자서는 할 수 없던 일, 어른들은 어렵다고 포기했던 일을 어린이들이 해낸 거예요. 바로 여럿이 힘을 합했기 때문이지요. 이처럼 협동을 하면 나만이 아니라 모두에게 좋은 일이 생겨요. 우리는 이처럼 우리 모두에게 좋은 일을 함께 해내기 위해 더불어 모여 사는 것이랍니다.

협동, 함께 해 보아요!

1. 우리 집에서 가족들과 먼저 시작해 볼까요?

부모님, 형이나 누나, 또는 동생과 함께 각자 맡을 집안일을 상의해 보세요. 각자 맡은 일을 최선을 다해 해내는 것이 협동의 시작이랍니다.

2. 우리 반 친구들과도 힘을 모아 보세요.

나의 도움이 필요한 친구가 있는지 살펴보세요. 마음을 다해서 친구를 도와주면 언젠가 나도 진심으로 도움을 받게 됩니다. 또 친구들과 함께 우리 반에 필요한 것이 있는지 살펴보세요. 선생님께 허락 받은 후, 반 친구들 모두 참여하여 우리 반에 도움이 될 만한 일을 찾아 실행에 옮겨 보세요.